लालगढ़ की माँ

लालगढ़ की माँ

महाश्वेता देवी

अनुवाद

सुशील गुप्ता

वाणी प्रकाशन

वाणी प्रकाशन
4695, 21-ए, दरियागंज, नयी दिल्ली 110 002

फ़ोन : +91 11 23273167 फ़ैक्स : +91 11 23275710

शाखाएँ

अशोक राजपथ, पटना 800 004, बिहार

कॉफ़ी हाउस कैम्पस, महात्मा गांधी मार्ग, इलाहाबाद 211 001, उत्तर प्रदेश

महात्मा गांधी अन्तरराष्ट्रीय हिन्दी विश्वविद्यालय, वर्धा 442 001, महाराष्ट्र

सुल्तानिया रोड, मोतिया पार्क, भोपाल 462 001, मध्य प्रदेश

www.vaniprakashan.com
marketing@vaniprakashan.in
sales@vaniprakashan.in

LALGARH KI MAAN
by Mahashewta Devi
Translated by Sushil Gupta

ISBN : 978-93-5000-487-6
Novel

प्रथम संस्करण 2010
आवृत्ति 2020

मूल्य : ₹ 150

सिटी प्रेस, दिल्ली-110 095 में मुद्रित

वाणी प्रकाशन का लोगो मक़बूल फ़िदा हुसेन की कूची से

वह कोई ऐसा अस्पताल नहीं था, जिसका नाम कागज पर लिखते ही, लोग पहचान लें। यह तो सच है कि कलकत्ता के अस्पताल अपनी सेवाओं के लिए प्रसिद्ध हैं बेथुआडहरी में, बेटे को अपना सब कुछ मानने वाला, नवीन मंडल, जब कैंसर का शिकार हुआ, तो उसके बेटे, अतुल ने अपने पिता का इलाज कराने के लिए अपनी तीन फसली 'दो बीघा ज़मीन' बेच-बाच दी और कलकत्ता ले जाकर, नेशनल मेडिकल कॉलेज में भर्ती करा दिया। वैसे नवीन बचा नहीं। लेकिन आज भी अतुल का घर दिखाकर लोग कहते हैं--'वे बहुत बड़े पुरुष थे, जी! बाप को जब कैंसर हुआ, तो उसे कलकत्ता ले गये।'

एक

साजूमणि सरदार को पागलपन का रोग हुआ था।

साजूमणि के बेटे को तब तक थाने के चपरासी की नौकरी मिल गयी थी। दस नहीं, पाँच नहीं, कुल्लमकुल एक ही बेटा था। साजूमणि घूमती-फिरती रहती थी। वह भला किससे बोलती-बतियाती?

लोग-बाग़ कहते थे—'सर्दी की रातों में भी तलैया में डुबकी लगा आती है। ज़रूर उस पर किसी का साया है।'

साजूमणि का इकलौता बेटा—लोचन सरदार! चौथी क्लास की शिक्षा के दम पर, सिर्फ 'पिछड़े वर्ग के आदिवासी (ओरांव) का बेटा

होने की वजह से, कई-कई दरवाज़ों पर मत्था ठोंकने के बाद, लोचन सरदार को सरकारी नौकरी मिली थी। उसकी बहुरिया का पुराना नाम था–मन्थरा, अब बूला। लोचन की दोनों बेटियाँ, एक-एक क्लास में 2-3 वर्ष रहने के बाद, अगली क्लास में जाती थीं। उसके धपधपी बोगले में, इन दिनों जो उसके पड़ोसी थे, उन लोगों ने बतकही शुरू कर दी।

'तेरी बेटियाँ तो खिलकर फूल बन गयी हैं, रे लोचन! इनका विवाह कैसे करेगा?'

इतने वर्षों तक लोचन नहीं जानता था कि वह आदिवासी है। शीतला, मनसा, घेंटू की पूजा करते हुए, वह मजे में ही था। अभी हाल ही में वह मुहल्ले में स्थित, नेताजी क्लब का सदस्य बन गया था। और निम्न प्राइमरी के शिक्षक, मुकुट बेरा की मेहरबानी से, उसे पता चला था कि वह आदिवासी है।

अपने नवलब्ध ज्ञान की गर्मी में उत्तप्त लोचन ने कहा, 'हम 'टाइबल' ज़रूर हूँ। हमरी बेटियों की बियाह में कुछ देना-दिलाना नहीं पड़ता।'

'तेरी मइयो ने तो कहा कि बहुत रुपइय्ये लगते हैं?'

साजूमणि हर रोज़ की तरह, किवाड़ से टिकी, आँगन में पैर पसारे बैठी-बैठी, बीड़ी के सुट्टे लगा रही थी।

लोचन की बात सुनकर साजूमणि ने कहा, 'क्या कहा तूने? हम टाइबल ज़रूर हैं? हमार बिटियन के बियाह में खर्चा-पानी नहीं लगता? किसने कहा? काहे, हमने अपनी बेटी के बियाह में साइकिल खरीदकर नाहीं दिया?'

'तेरी बेटी कहाँ है, जो तूने उसका बियाह किया?' लोचन ने सवाल किया।

'तू कउन है, रे छंउड़ा? हमका तूने मरी हुई समझ लिया है?'

लोचन के पड़ोसी एक-दूसरे की आँखों में झाँकने लगे।

हाँ, यह डोम-कहारों की बस्ती थी। लोचन लोग यहाँ पिछले

बीस-बाईस साल से रह रहे थे। लोचन के बाप के मरते ही, लोचन को नौकरी मिल गयी। नवीन मंडल का बेटा, बाप को कैंसर होते ही, कलकत्ता के अस्पताल में ले गया था। यह बात सभी जानते थे। धपधपी बोगले भी मानो कलकत्ता में शामिल हो जायेगा। अड़ोसी-पड़ोसी एक-दूसरे की आँखों में देखने लगे।

आबिद शेख अधेड़ आदमी! उनकी पुराने कागज की दुकान थी। बात करने से पहले उन्होंने गला खँखारकर आवाज़ अच्छी तरह साफ़ कर ली।

उन्होंने कहा, 'ओ लोचन की माँ, लोचन तो तुम्हारे जिगर का टुकड़ा है, लेकिन तुम्हारी बेटी कहाँ है?'

साज़ूमणि ने जवाब दिया, 'तुम कहाँ से जानोगे, बचवा? हमरी दुइ बिटिया हैं, दुन्नो का बियाह कर दिया। बर्तन-भाँडे भी एकाध नहीं दिया। तुम लोगन तो उनके बियाह में खाये-पीये हो–'

आबिद ने लोचन से कहा, 'यह तो अज़ीब बात सुन रहा हूँ, लोचन। मुझे लक्षण ठीक नहीं लग रहे।'

सच तो यह है कि उसी दिन से, साजूमणि ने बीच-बीच में मन ही मन बकबकाना शुरू कर दिया, 'लोचन की मइयो! लोचन की मइयो, कहते रहते हैं। क्यों? दूनो बिटिया क्या बह-बिला गयीं? रानी बूनी की माँ कहने में क्या आवाज़ अटक जाती है?'

ये सारी बातें वह मन ही मन बुदबुदाती रहती थी।

लोचन की बहुरिया ने कहा, 'ज़रूर इन्हें किसी ने बाण मारा है, वरना अचानक वे आँय-बाँय क्यों बकने लगीं? और सदा-सर्वदा बुदबुदाती भी रहती हैं।'

'बकती है, तो बकने दो। कामकाज तो करती है।'

'काम के नाम पर आँगन बुहारती है, कभी-कभी बाल्टी भर पानी ला देती है। और क्या? कितना कहा, दोनों लड़कियाँ पढ़ने बैठती हैं, तो तुम भी ज़रा सामने बैठ जाया करो...लेकिन...,

'पहले तो बैठती थी।'

'अब, बिल्कुल नहीं बैठती।'

देखूँ, आदित्य से पूछता हूँ...'

'हाँऽऽ, एक यह बन्दा है—आदित्य, बस तुम उसे ही पहचानते हो।'

'आदित्य मेरे लिए टाइबल सर्टीफिकेट निकाल देगा, तुझे मालूम भी है?'

'टाइबल क्या होता है?'

'यह मैं नहीं जानता। हाँ, देखा है, बप्पा के नाम के साथ भी टाइबल लिखा हुआ है। टाइबल के बारे में मुझे भी नहीं मालूम था। वह तो मुकुट बेरा ने बताया, तो पता चला। अब, समझ में आया, टाइबल की वजह से ही, मुझे यह नौकरी मिली है।'

'मइयो का रंग-ढंग कैसा तो होता जा रहा है।'

'उमिर हो गयी है। कितना दुःख-तकलीफ सहा है उसने।'

'अभी भी तो दुइ कुरुई भात खाती है दोनों बेला। और बीच-बीच में अपने मन बकबकाती रहती है।'

'देखूँ। डांग्दर दिखा देगा।'

'हर बात में आदित्य! आदित्य!'

'देख, उसके नाम कुछ मत बोल। वह न होता, तो क्या दोनों बिटिया, लड़की-इस्कूल में भर्ती हो पातीं?'

'उसने ही भर्ती कराया है, हम मानती हूँ। खैर, वह तो इस्कूल की बात थी। तुम्हारी मइयो का इन्तिजाम क्या वह करेगा?'

'उसी से पूछता हूँ।'

लोचन, उसकी बहुरिया और दोनों बेटियाँ चौकी पर सोती थीं। ईंट का ठेकना लगाकर चौकी को ऊँचा कर दिया गया था। चौकी के नीचे बक्सा, बासन और बाकी सामान रखे थे। वहीं साजूमंणि भी सोती थी। पहले वह एक कुरुई भात खाकर, हाथ-मुँह धोकर सो जाती थी और नींद में मुर्दा हो जाती थी।

अब, सोते-सोते भी बड़बड़ाती रहती थी—'लोचन, उसकी बहुरिया

और दोनों बिटियाँ! कोऊ रानी-बूनी का नाम काहे नहीं लेता? कित्तना चाव होता है कि ऊ दुन्नो बिटिया भी नाती-नातिन के साथ आवें। कुछ दिन रहें, जी ठण्डा कर जावें। कासे कहूँ? कोऊ अइसा मानस नाहीं, जिससे हीया की बात करूँ।'

किसी-किसी दिन लोचन घुड़क देता था, 'देख, मइयो, दिन भर हड्डी-तोड़ मेहनत करता हूँ। अब, रात को भी ज़रा सोने नहीं देगी?'

'तो सो जा न! हम क्या मना किहीन हैं?'

'कोई इतनी बकबक करे, तो भला कोई सो सकता है? हम दोनों को मेहनत-मशक्कत करनी होती है, लड़कियों को इस्कूल जाना होता है...यह सब भी ज़रा सोचो न!'

'हम जाती हैं, अँगना में सो रहती हैं—'

लोचन चौकी से उतर आया।

उसने अपनी बीवी से कहा, 'मैं यहीं रहता हूँ। लगता है, मइयो बीमार है...'

'जो मन में आये, करो। हम तो चली सोने।'

साजूमणि बड़बड़ा उठी, 'लोचना तो मउगी का भेड़ा है। आज जदी ओका बाप होता...। ओके सामने जदी हम अइसी बात कहती, तो वह हमका झड़ुआ-झड़ुवाकर सिखाय देता। लोचना ने तो देखा है; मगर देखा अउर किस्सा ख़तम! सीखा कछु?'

लोचन को समझ में नहीं आया कि वह मइयो के पास सोये या बीवी की लानत-मलामत सुने। उसने मन ही मन तय किया, कल ही आदित्य को पकड़ना होगा। मइयो को ज़रूर किसी ने बाण मारा है!

दो

इधर कुछ दिनों से आदित्य लोगों के मन में, अपने बारे में काफी ऊँची धारणाएँ जन्म ले चुकी थीं। आदित्य के बाप से ब्याहे जाने के बाद, आदित्य की माँ पूरे छः साल तक निःसन्तान रही। उसके बाद, आदित्य पैदा हुआ। चूँकि आदित्य की माँ, अपने माँ-बाप की इकलौती सन्तान थी। इसलिए जब उसके नाना की मृत्यु हो गयी, तो बाज़ार इलाके गें स्थित उनका टेलीफोन बूथ और होमियोपैथ दवाओं की दुकान, आदित्य को विरसे में मिल गयी। इसी धपधपी जोगले में! जिसका नाम बहुत जल्दी ही प्रह्लाद नगर होने वाला था। वहाँ के बाज़ार में आयात के नाम पर, ज़मीन के लोभी प्रमोटर वर्ग थे और निर्यात के नाम पर वे तमाम महिलाएँ थीं, जो मेहनत-मजूरी

करने जाती थीं, जिनके लिए 'इज़्ज़त' ट्रेन चालू होने वाली थी।

प्रह्लाद जाना (1939-2008) ने नारियल के रेशों की गद्दी, रस्सी-डोरी, पाँवपोश के कारोबार में ही अगाध पैसा बना लिया था। यहाँ का रोड ट्रान्सपोर्ट भी उन्हीं का था। अपने पिता के नाम पर 'बिना मूल्य होमियोपैथी चिकित्सा केन्द्र' उन्हीं का दान था। इसीलिए वह जगह कुछ सुरम्य हो उठी थी। आदित्य का रोजगार-पाती भी काफी अच्छा चलता था। आदित्य लोचन को 'भाई' कहता था और उससे प्यार करता था। आदित्य को उम्मीद थी कि जिला के बान्धव समिति की तरफ से उसे 'नेता जी' एवार्ड मिलेगा।

वही लोचन की मइयो समेत लोचन को लेकर, निकटतम मेट्रो शहर, डायमंडहार्बर गया।

उसने लोचन को तसल्ली दी, 'फिकर की क्या बात है, लोचन? यहाँ दिखाऊँगा। अगर ज़रूरत पड़ी, तो कलकत्ता ले जाऊँगा। डॉक्टर जो पूछे, उनसे कहो, वे ठीक-ठीक जवाब दें।'

'जाने क्या सब बड़बड़ाती रहती है।'

'क्या बोलती है, मौसी?'

'क्या बताऊँ? कहती है, मैं उसका एकमात्र बेटा नहीं हूँ। मइयो की दो जीती-जागती बेटियाँ हैं। उन्होंने उन दोनों की शादी कर दी थी।

'कहीं ऐसा तो नहीं कि उन्होंने कोई किताब पढ़ी हो?'

'क्या बात करते हो? मइयो किताब पढ़ेगी? मैंने ही कभी, कोई किताब पढ़ी है? हाँ, छेत्तर की माँ के यहाँ, पहले टी वी देखने ज़रूर जाया करती थी। लेकिन अब तो वहाँ भी नहीं जाती। हुंहः मइयो...और किताब पढ़ेगी? किताब...'बोइ'...? बोइ* पढ़ती क्या थी, बस देखती थी।

'ख़ैर, छोड़ो। मैं ज़रा डांग्दर से बात कर आऊँ। मौसी को मैं किसी होमियोपैथी डांग्दर को भी दिखाऊँगा।'

* बंगला में 'बोइ' का अर्थ है—किताब, और फ़िल्म।

'होमियोपैथी से यह रोग ठीक हो जाता है?'

'पहले दिखाऊँ तो सही! डांग्दर बाबू कलकत्ता शहर की भी ख़बर रखते हैं। उनके साले का बेटा भी तो जाने किस कम्पनी की दवाएँ बेचता फिरता है।'

'तुम तो कहीं नहीं आते-जाते?'

आदित्य ने अपनी छाती ठोंककर जवाब दिया, 'सलामत रहे मेरा बोगले-धपधपी। यहाँ मैं जिससे, जो कहूँगा, वह मेरा काम कर देगा। अभी भी मैं चालीस रुपइय्ये में तेलापिया मच्छी ख़रीदता हूँ। तलैय्या छानकर, नन्ही-नन्ही चिघी मच्छी खाता हूँ। और कलकत्ता? वहाँ के बाज़ार में तो हम नटे साग भी नहीं ख़रीद सकते।'

इन सारी बातचीत के बाद, साजूमणि डॉक्टर के पास गयी।

आदित्य ने उससे कहा, 'देखो, तुम्हें लोचन नहीं लाया, मैं लाया हूँ। डांग्दर के सामने हर बात का ठीक-ठीक जवाब देना।'

'डांग्दर तो देखेगा, बात भी करेगा?'

'पूछेगा तो सही!'

'तो पूछे न! हम भी ओका दो बात सुना दूँगी।'

वे लोग डॉक्टरखाने पहुँचे। साजूमणि फर्श पर ही धप्प से बैठने जा रही थी, आदित्य ने उसे कुर्सी पर बिठाया।

डॉक्टर, आदित्य को देखते ही समझ गया, ज़रूर यह कोई महा-दलिद्दर पार्टी है। दो रुपये दस आने भी नहीं मिलेंगे। आदित्य उस अंचल में 'कप्तान' माना जाता है। गरीब-गुरबा के लिए एकाध काम करके, वह नाम कमाना चाहता है।

डॉक्टर ने अन्य दो मरीज़ देखे और उन्हें विदा किया।

अब वह साजूमणि से मुखातिब हुआ, 'हाँ, अब आप आइए। सामने घूमकर बैठिए।'

'आइए...बैठिए...काहे बोलत हो? हम हूँ, पटल की माँ!'

'आपका कोई नाम तो होगा। नाम?'

लोचन ने ही हड़बड़ाकर जवाब दिया, 'यह मेरी माँ है। इनका

नाम है– साजूमणि सरदार! मैं हूँ, लोचन सरदार!'

साजूमणि बोल उठी, 'तुम कउन हो, बचवा? तुमरे कहने भर से, हम तुमरी माँ हो जावेंगी? कोई नाम नाहीं है, डांग्दर बाबू! सभी लोग हमें रानी-बूनी की माँ कहकर, पहिचानत हैं।'

आदित्य ने डॉक्टर से कहा, 'ना, काका, ये लोचन की ही माँ हैं। इधर कई दिनों से भूल-भाल बक रही हैं।'

'रात को नींद आती है?'

'आती है और नहीं भी आती है। कुछ दिनों से, बीच-बीच में, वह डोम लड़की साथ रहती है। रात को सोते-सोते भी अपने मन ही मन बकबकाती रहती है। पहले ऐसी नहीं थी। इधर कुछ दिनों से उनका यह हाल देख रहा हूँ।'

'घर में और कौन-कौन है?'

'मेरी पत्नी...और बेटियाँ।'

आदित्य ने कहा, 'लोचन उस तालतला की रेलवे-बस्ती में रहता है। हाँ-हाँ, जिस बस्ती को लेकर लालन दत्त ने मुकदमा किया है।'

'अच्छा, मैं इनसे कुछ सवाल कर लूँ। हाँ, तो, माँ जी, आपको कोई तकलीफ है?'

'है काहे नहीं? साँझ को दुइ-ठो बीड़ी पीती हूँ, ई बात को लेकर भी कितनी किचू-किचू!'

'आप...बीड़ी पीती हैं?'

'हाँ, पीती हूँ। मोका आदत है।'

'नींद में...कोई तकलीफ...'

'तकलीफ काहे होवेगी? सोते-सोते, नींद में हम अपनी बिटियन से बात करती हूँ। सब समय तो ऊ हमरे पास नहीं होतीं...'

'आपकी बोलचाल भी इसी देश जैसी है।'

'ईहाँ हम सात जनम से हूँ, तो हमरी बोली अउर कउन देस जैसी होवेगी?'

आदित्य समझ गया, मामला और का और हुआ जा रहा है।

उसने छूटते ही कहा, 'ये... मतलब लोचन की माँ। हमेशा से वहीं रहीं। बड़ी कामकाजी औरत हैं। हँसमुख जीव हैं। बस, नींद की तकलीफ ही...'

डॉक्टर ने कहा, 'हाँ! हाँ! नींद आने लगे, तो...मैं दवा दिये देता हूँ।'

साजूमणि बिफर पड़ी, 'ए आदित, नींद की दवाई देंगे? काहे? मोरे बेटी-दामाद सुनेंगे, तो क्या कहेंगे? हम आवे चाहत थी। ऊ लोग बोले—जाओ, घूम आओ, भोर न होने तक, हम वापस नहीं जावेंगे और तू नींद का इन्तिजाम कर रहा है?'

लोचन आश्चर्य से मुँह बाये देखता रहा। मइयो क्या पागल हो गयी?

आदित्य ने कहा, 'चल-चल, लोचन! मौसी, घर चलो।'

'कइसी तो बात करत है, बाप! मोंसे कहा—मौसी, चलो, घूम आयें। हम ठीक समझी, चली आयी। ईहाँ आयी, तो डांग्दर कहत है—नींद की दवाई दूँगा। चल, चल, घर चल! ई डांग्दर है? देही पर नली भी नाहीं लगावा, मुँह खुलवाकर चम्मच भी नहीं डाला! ई दु नम्बरी डांग्दर है।'

आदित्य स्तम्भित! लोचन रुआँसा हो आया।

बाहर निकलकर साजूमणि ने कहा, 'डांग्दर नहीं ख़ाक! चलो, दो ठो पान खरीदकर खाऊँ।'

ज़र्दा-पान चबाते-चबाते साजूमणि ने फिर पूछा, 'डग्दरवा घबड़ाय गया न, आदित?'

आदित्य ने लोचन से कहा, 'कल बात होगी, रे लोचन! तुम मौसी को ले जा। मैं एक बार 'कलब' जाऊँगा। तू फिकिर मत कर, लोचन! कल भेंट होगी, तब बात होगी।'

लोचन ने सिर हिला दिया। वह बेतरह घबड़ा गया था। उसकी विद्या कुल चार क्लास तक थी, वह भी धकियाकर! साजूमणि

के मनोजगत में क्या हो रहा है, यह समझ पाने में वह बिल्कुल अक्षम था। वह शीतला-घेंटू-ऊला बीवी, चार मूँड़ वाले गणेश–सबकी पूजा करता है, फूल-बेलपत्र चढ़ाता है, जैसा कि हर इनसान करता है।

लेकिन, उसकी मइयो पागल हो गयी?

लोचन अन्यान्य बस्तीवासियों जैसा ही था। किताब पढ़ने की चीज़ है। उसने तो यह भी नहीं सीखा। उसने तो यही जाना है कि 'बोइ' का मतलब है–फ़िल्म! लोचन ने बरुइपुर जाकर, सिनेमाघर में एक 'बोइ' (फ़िल्म) देखी थी। बीच-बीच में आदित्य लोगों के क्लब में जाकर, टी वी पर, हिन्दी या बंगला 'बोइ' देखा था। इन दिनों वह बखूबी जान गया है कि वह 'टाइबल' है। वे लोग ढाई सौ साल तक, सुन्दर वन में, जमींदार का खेत जोतते-बोते थे। बोगले-धपधपी चले आने, नेताजी प्राइमरी में पढ़ाई-लिखाई करने के बाद, लोचन अब इस देश का 'सिटीजन' बन गया है। 'टाइबल' बनकर वह क्या करेगा?

साजूमणि घाट पर जा पहुँची। अपनी साड़ी बदलकर, पानी में डुबकी लगाकर बदन धोया।

लोचन ने फुसफुसाकर बीवी से कहा, 'एक भी बात मत करना। जो कहे, बस, सुनती जाना।'

'उनको क्या हुआ है?'

'भगवान जानें।'

'डांग्दर ने क्या कहा?'

'नींद की दवा दी है।'

उस रात साजूमणि को अच्छी नींद आयी।

लेकिन भोर चार बजते-बजते वह चीखकर रो उठी, अरे बप्पा रे, डांग्दर ने हमका नींद की दवाई काहे दिहिस? हम का पागल-छागल हूँ? ए हो दस-पाँच लोगों, हम का पागल हूँ?'

लज्जा! लज्जा! बदनामी! बदनामी! साजूमणि को पता नहीं

क्या हो जाता है। कभी-कभी दो-तीन दिनों तक लगातार वह चीख-चीखकर रोती रहती है।

रोते-रोते वह लोचन से कहती है, 'तू मोरा बेटा नाहीं है। रानी कहाँ है? बूनी कहाँ है? तेरा वह गोद का भाई कहाँ गया?'

लोचन अपने ही सर पर झाड़ू मार-मार कहता था, 'क्या से क्या हो गया? किसी ने ज़रूर बाण मार दिया। सारा कुछ मैं करता हूँ। मगर एक बार भी उसकी जुबान से नहीं निकलता कि हम लोचना की माँ हूँ।'

बीवी ने कहा, 'हुंहः सब नौटंकी है।'

लोचन के सिर पर भी जैसे भूत सवार हो जाता।

वह गरज उठता, 'मेरी मइयो नौटंकी कर रही है? जितना बड़ा मुँह नहीं, उतनी बड़ी जुबान? अब एक बार भी जुबान खोली नहीं कि...'

'क्या करोगे? मारोगे?'

लोचन ने तड़ से एक तमाचा अपनी बीवी के गाल पर जमा दिया।

बीवी स्तम्भित! वह चींखना भूल गयी। कुछेक पल बाद, उसने चींखने के लिए मुँह खोला ही था कि एकदम से साजूमणि लपककर सामने आ गयी।

'तूने बहुरिया पर हाथ उठाया? तोर बप्पा ने कभी हमसे ज़ोर से भी बात की? ना, बहुरिया, रो मत! आ, तू मोरे पास बैठ!'

लोचन ने अपनी बीवी को तमाचा मारा, यह ख़बर पाते ही, अड़ोसी-पड़ोसी ने उसके यहाँ भीड़ लगा दी। इलाके का सिरमौर, आबिद अली भी आ पहुँचा।

उसने भीड़ को सम्बोधित करके कहा, 'इसमें आप लोगों को टाँग अड़ाने जैसी क्या बात है? जिस लोचन ने कभी गुस्से में हाँक-डाक नहीं लगायी, उसने अपनी बीवी को थप्पड़ मारा, इसमें ऐसी क्या बात हो गयी? मारा तो मारा! सास ने भी तो अपनी बेटी

जैसी बहुरिया को छाती से लगाकर, तसल्ली दे रही है, यह भी तो देख लिया? जाओ, जाओ, अपना-अपना काम करो। दूसरों के घर का तमाशा देखने का बड़ा चाव चढ़ा है।'

तमाशबीनों की भीड़ फौरन तितर-बितर हो गयी।

उसने लोचन-परिवार को भी डाँट पिलायी, 'लोचन, जा, काम पर जा! बहूरानी, तुमसे भी कहूँ, लोचन की माँ ने कितना दुःख-तकलीफ उठाकर, बेटे को बड़ा किया, इनसान बनाया, हम सबने तो अपनी आँखों से देखा है! क़िस्मत मेहरबान थी कि तुम्हें ऐसा पति मिला है। सरकारी नौकरी करता है। नशा-भाँग की लत नहीं! 'माँ' के नाम पर वह बिछा रहता है। उससे ज़रा इज़्ज़त से बात करना चाहिए न?'

उसने साजूमणि को भी समझाया, 'और साजूमणि, तुम...! तुमने बड़े नसीब से लोचन जैसा बेटा पाया है। सरकारी नौकरी में है। किसी तरह की बुरी लत नहीं है। एक वक्त था, जब तुम्हारे नसीब में चावल तक नहीं जुटता था। अब, मचान पर चावल की बोरियाँ सजाती हो। बहू भी लक्ष्मी है। घर-द्वार कितना साफ-सुथरा रखती है! सब लोग खुश-खुश रहो, सकुशल रहो। इस बार पंचायत की तरफ से, बच्चों के खेलने-कूदने के लिए पार्क बनवा दूँगा। इन सबके इन्तज़ाम में...'

आबिद अली के जाते-न-जाते, लोचन की बीवी ने साजूमणि से कहा, 'चलूँ, काम में लगूँ, माँ! साग चुनना है, काटना है! बहुत सारा काम पड़ा है—'

आज साजूमणि ने एक बार भी नहीं कहा कि मैं रानी-बूनी की माँ हूँ।

तीन

हाँ, साजूमणि ने कई दिन तक नहीं कहा कि मैं रानी-बूनी की माँ हूँ। रात में नींद में बड़बड़ाई भी नहीं।

लोचन ने बीवी से कहा, 'देखा? आदित्य जिस डांग्दर के पास ले गया, उसकी दवा का गुण देखा?'

बीवी ने बेटियों की तरफ देखा। बेटियों ने माँ की आँखों में झाँका। उसके बाद, मुँह पर आँचल डालकर, बीवी ने लोचन को दवा की शीशी दिखाई।

'खाली है! बिल्कुल खाली?'

'वे क्या दवा लेती भी हैं? पहिले ही दिन उन्होंने सब दवा हौदे के पानी में फेंक दीं।'

'फेंक दी?'

'हम क्या झूठ बोल रही हूँ?'

'रात को तो ख़ास बड़बड़ाती तो नहीं?'

'बड़बड़ाती हैं, लेकिन गले की आवाज़ नहीं बढ़ती। बस, होंठ हिलाती रहती हैं। तुम क्या सोचते हो, रात को वे सोती हैं? अब तुमसे क्या बताऊँ? फुसफुसाकर बकबकाती रहती हैं। आवाज़ बिल्कुल सुनाई ही नहीं देती।'

'तो क्या पागल ही हो गयी?'

'खानदान में क्या कभी, कोई पागल हुआ था?'

'वंश की ख़बर कौन रखता है, बहुरिया?'

'उनके माँ-बाप तो थे?'

'सुना है, वह डायमंड हार्बर में, अपनी बुआ के घर पली-बढ़ी थी। माँ-बाप नहीं थे। बप्पा भी सड़कों पर झाड़ू लगाते थे, मइयो के फूफा भी! उसी बुआ ने उनकी शादी की थी। लेकिन, जब यहाँ सब्ब शिक्षा अभियान की हवा चली, तब वीरेन मास्टर, आदित्य का बप्पा, हमें इस्कूल खींच ले गया। वे खूब दौड़ सकते थे। दौड़-दौड़कर हमें पकड़ लाते थे। उतना सब किया, तभी तो हम चार क्लास तक पढ़ पाये। उसके बाद, हमरे बप्पा मर गये, तो उन्होंने ही बप्पा का कागज-पत्तर निकलवा और हमें लेकर इस-उस दरवज्जे दौड़-धूप की, इसीलिए तो हमें नौकरी मिली। जिस बस्ती में मैं हूँ, वह भी उन्हीं की कोशिश-तदबीर से! आबिद चाचा सब जानते थे। उन्होंने कहा—जात-पाँत क्या होती है। इन लोगों के पास घर नहीं है, इन्हें यहाँ बसा दो।'

'यह घर तो हमारा है न?'

'यह हमारी खरीदी हुई जगह तो नहीं है। लेकिन, तीस बरस तक रहते-सहते, एक तरह का दख़ल ज़रूर हो गया है। अगर कभी यहाँ से उठाने की कोशिश की गयी, तो रेल के किनारे विशाल ज़मीन है, वहाँ चला जाऊँगा।'

'सब जायेंगे?'

'अब, सभी के मन की बात, क्या मैं जानता हूँ? मैं तो चला जाऊँगा।'

'इस्कूल दूर नहीं हो जायेगा?'

'सभी जैसे आयेंगे। वे लोग अगर पढ़ना चाहेंगे, तो उसी तरह आयेंगे।'

'सभी के बाप क्या तुम्हारी तरह नौकरिया हैं?'

'हमारे बोगले-धपधपी में अब, पोस्ट ऑफिस है, बैंक है, बस डीपो है, और क्या चाहिए? सोलर-रोशनी आ गयी है। हम जैसे लोगन की नौकरी है। आबिद अली की रद्दी कागज की दुकान में अब चार-चार लोग काम करते हैं। छेत्तर काका की लान्डरी में कितने ही लोग कपड़े धुलवाते हैं। भोटू सा की टेशनरी शॉप है। टेशन-किनारे मछली की दुकान है। क्यों?'

'उन लोगों ने अपना-अपना इन्तज़ाम कर लिया होगा।'

'तुम्हारे भेजे में कुछ नहीं है। हम नौकरी करता हूँ। छेत्तर काका। भोटू सा!—ये लोग हम जैसों को ख़रीद-बेच सकते हैं। उन लोगों के घरों की लड़कियाँ, जिस ढंग से पढ़ने जायेंगी, उसी ढंग से तुम्हारी बेटियाँ भी जायेंगी। अरे, लाइन पार करके, बेरी तोड़ने नहीं जातीं? स्कूल तो लाइन के इस पार है। रंजन बाबू ने दिमाग लगाया, तभी तो इतना बड़ा इस्कूल बना।'

अचानक साजूमणि बोल पड़ी, 'बड़की तो,... बरखा के पानी में जैसे कोई मछली उमड़ पड़ती है, उसी तरह तोरी बिटिया भी गदरा उठी है, उसका बियाह नाहीं करेगा?'

'आजकल कोई तेरह बरस की उमिर में बियाह नहीं देता, मइयो।'

'नहीं देता? अगर नहीं देगा, तो लड़की, शिउली की तरह वो-काट्टा हो जावेगी।'

'क्या आँय-बाँय बकती हो? शिउली, तारक के साथ भागी

थी। अब, तारक, बजबज में अपना घर बनवा रहा है, कुछ पता भी है? तारक की अब अपनी लान्डरी की दुकान है। टेशनरी की दुकान है। चाय की दुकान है–'

'तुझे कइसे पता?'

'पिछली बार बजबज गया था न, थाने में। तभी देख आया था।'

'शिउली को भी देखा?'

'नहीं-नहीं, तारक का घर दो-मंज़िला है। शिउली अब भला, बाहर निकलती है?'

साजूमणि झाड़ू बाँध रही थी। फूस का झाड़न, नारियल का मज़बूत झाड़ू–यह सब बाँधने में वह उस्ताद थी। इसका-उसका, सभी के झाड़ू बाँध दिया करती थी। पच्चीस-पचास पैसे मिल जाते थे। घसघसिया काई घिसने के लिए, धोबी का पिटौना-झाड़ू भी बाँध देती थी।

साजूमणि ने कहा, 'हमका कछु बुझात नाहीं, बाप! यह जो हम झाड़ू बाँधती हैं, अपने बीड़ी-पान और अबेर-सबेर चिंगड़ी मछरी खरीदने का खर्चा निकाल लेत हैं। यह धरम है। पति दु-तल्ला घर बना लिहिस, तो तू घर मैं दू पइसा नाहीं लावेगी? देखो, नोकले!'

'क्या कहा? नोकले? लोचन नहीं कह सकती?'

'सैकड़ों नाम से बुलावे का चाव होता है, रे। चल, तू लोचन ही सही। पति रोज़गार करता हो, फिर भी अउरत को रोज़गार करना पड़त है। यह धरम है। काहे? तोरा बाप तो तन्खाह पाता था, तब भी हम झाड़ू नाहीं बाँधती थी? यहाँ कोई बाज़ार जाकर झाड़ू खरीदता है? घर-घर में मोरा झाड़ू! ला, पानी पिला, बहुरिया!'

साजूमणि ने पानी पीया और बीड़ी-सलाई लेकर, दरवज्जे पर जा बैठी। लोचन ने अपनी बीवी की तरफ देखा। नहीं, दिन के वक्त तो वह ठीक-ठाक थी, इस वक्त जैसे फिर...

रात को साजूमणि ने कहा, 'बड़ी गरमी लग रही है, लोचना!

हम दरवज्जे के पास जाकर सो जाती हैं।'

'दरवाज़े पर? उस अँधियारे में?' बहुरिया ने कहा, 'मच्छड़ की डंक बर्दाश्त कर लोगी? पता नहीं, तुम्हें क्या हो जाता है, माँ!'

'नहीं-नहीं, हम ऊ फटेली मसहरी लपेटकर, सो रहूँगी, बहू! मच्छर भी नहीं काटेगा। बड़ी अच्छी हवा चल रही है। तुम लोग जाकर सो रहो।'

लोचन ने कहा, 'अच्छा, जाता हूँ। लेकिन रात में बकर-बकर मत करना। देखो, हम दस जन के बीच में रहते-सहते हैं, कौन, क्या सुनेगा; कौन, क्या कहेगा! मुझे तो भई, कसकर नींद आ रही है।'

'हमको भी नींद आय रही है।'

साजूमणि सोने चली गयी। लोचन ने भी दरवाज़ा भिड़का दिया।

'मइयो कैसी-कैसी तो होती जा रही है!' लोचन बुदबुदाया!

'ना, आज जैसे कुछ शान्त हैं। ज़्यादा बकबका भी नहीं रही हैं।'

'नींद की दवा दे दी थी?'

'हमको कुछ कहना नहीं होगा। प्याज डालकर, स्वाददार मछरी या तरकारी बनाती हूँ, उसी में पीसकर मिला देती हूँ। वह खा लेती हैं। इतने में ही इधर कुछ दिनों से मज़े से सो रही हैं।

'डाग्दर बता रहा था कि अगर दिमाग़ की गड़बड़ी है, तो काफ़ी धूर्त-बुद्धि हो जायेगी। स-ब समझ जायेगी।'

'चुप! चुप! सो रही हैं। नाक घर्र-घर्र बज रही है, सुन नहीं रहे हो?'

'चलो, अच्छा है, सोने दो। मुझे भी सुबह-सुबह ही दौड़ना है।'

'क्यों?'

'भजा दत्त का काण्ड है न! जाने कहाँ से तो फिनाइल और एसिड उठा लाया है! एकदम रबिश माल! खुद तो तीरथ करने चल

दिये, ऑफिस में मुझे ही डाँट पड़ रही है। हमने देखकर क्यों नहीं लिया!'

'भले मानस को भात नहीं जुटता।'

'सच कहा तूने! ले, ज़रा मेरी पीठ तो खुजला दे—'

'ना! बेटियाँ अभी सोयी नहीं हैं।'

'कहाँ? बातचीत तो नहीं कर रही हैं—'

'उफ़! मच्छरों का उत्पात कितना बढ़ गया है।'

दोनों थोड़ा-बहुत आपस में छेड़छाड़ करना चाहते थे। छोटी बेटी के जन्म के बाद उसकी बीवी ने ऑपरेशन करा लिया था। लोचन काफी दुःखी था। बेटियाँ तो शादी होते ही परायी हो जाती हैं। काश, एक बेटा भी होता!

लोचन ने अपना वह अफसोस भी ज़ाहिर कर दिया।

बीवी ने कहा, 'जैसे तुम उनको देख रहे हो? अगर तुम्हारा बेटा वैसा नहीं होता, तो?'

'क्यों नहीं होता? तू उसे सिखा-पढ़ा लेती—'

इन्हीं सब बातचीत के दौरान लोचन अपनी बीवी का बदन सहलाने लगा। आज पलँग के नीचे माँ भी सोयी हुई नहीं थीं। मानो यह बहुत बड़ी राहत थी। वह तो सोते-सोते भी बकबकाया करती है। ऐसे में भला नींद आती है?

लेकिन नींद आ जाती, ज़रूर आ जाती। लेकिन अचानक बरामदे से कोई गीत तैर आया—

'चंदा की चंदनिया जैसी,
कभी थी रूपवान
जगी रहती थी,
तुम्हारे ही समान।'

'कौन? कौन? गा रहा है?'

'और कौन? माँ—'

'ज़रूर पगला गयी है।'

'खुद पागल नहीं हुईं। हमें पागल कर देना चाहती हैं।'

'लेकिन आवाज़ तो काफी सुरीली है।'

'सुर की ऐसी की तैसी–' लोचन तमतमाकर पलँग से उतरा, दरवाज़े तक आकर वह दहाड़ उठा, 'मइयो! यह हो क्या रहा है?'

'क्या भया? गाना गा रही हूँ।'

'हम क्या सोयें नहीं? दिन भर जी-तोड़ मेहनत करें, दफ़्तर में गालियाँ खायें, घर आकर ज़रा-सा सोयें, तो तू वह भी नहीं करने देगी?'

'ठीक है, तो गाना सुनकर सो जा!'

साजूमणि जंघों पर ताल देती हुई, भरपूर गले से गा उठी–'जीओ, जीओ, जीओ हज़ारों साल। मेरे चाँद। मेरे लाल। तुम जीओ हज़ारों साल।'

बहुरिया ने लोचन से कहा, 'हाय ग़ज़ब! वे तो हिन्दी गाना गा रही हैं।'

लोचन भी अवाक्! वे लोग जिस माँ को हमेशा से देखते आये हैं, जो माँ घर का सारा काम करके भी, बस्ती में इस छोर से उस छोर तक घूम-घूमकर, इसके घर झाड़ू बाँधती थी, उस घर बच्चा सँभालती थी, किसी और घर में पैसे लेकर, मसहरी धो देती थी, उसे ही, आज लोचन पहचान नहीं पा रहा था। उसकी मइयो इतने सुर में लोरी गा रही है?

साजूमणि ने हाथ हिलाकर, लोचन को चले जाने का इशारा किया। लोचन भी सिर हिलाकर, वहाँ से हट आया।

उसने बीवी से कहा, 'नहीं, वह पागल नहीं हुई। ज़रूर उसे भूत ने दबोच लिया है, वरना तकिया थपक-थपककर, लोरी गाकर किसे सुला रही है?'

'यह सब मुझे नहीं पता। दिन में भव्य-सभ्य बनी रहती है, रात होते ही उनके सिर पर भूत सवार हो जाता है।'

'जाऊँ, आदित्य से एक बार फिर मिलूँ।'

लेकिन रात गुज़र जाने के बाद, लोचन आदित्य के पास न जाकर, आबिद अली के यहाँ पहुँच गया। लोचन आबिद अली को 'सर' कहता था। क्यों कहता था?—आदत!

वाकई इनसान आदतों का गुलाम होता है। लोचन की क्लास में एक लड़का पढ़ता था—कार्तिक दास। हमेशा फर्स्ट आता था। कार्तिक का बाप उसी लड़के से जवाब-तलब करता था—'गणित में 88 नम्बर पाने से ही चलेगा?' और उसे बेभाव पीटता था। क्यों?—आदत! वह उसकी आदत थी।

आबिद अली को ही क्यों, बहुत से लोगों को 'सर' कहना, लोचन की आदत बन गयी थी। वह दुनिया-जहान के लोगों को 'सर' क्यों कहता है, इसकी वजह वह खुद भी नहीं जानता था। लेकिन आबिद अली नामक शख़्स को सभी मानते थे। धीर, स्थिर, आत्मकेन्द्रित इनसान! वह सभी को सही राह दिखाने की कोशिश करता था। लोचन की समस्या भी वह बखूबी समझता था और उस लड़के के प्रति उसके मन में ममता भी थी।

माँ की देखभाल करता है, बेटियों को पढ़ा रहा है, बीवी को मेहनत-मजूरी करने नहीं भेजता, आबिद अली की नज़र में लोचन एक सच्चा इनसान था। उसके मुँह से अपने लिए 'सर' सम्बोधन सुनकर आबिद अली को खुशी होती थी। वह और-और लोगों से भी कहता था—'लोचन की शिक्षा-दीक्षा, संग-साथ बहुत भला है।'

लोचन की बातें उन्होंने ध्यान से सुनी।

उन्होंने कहा, 'लोचन, तुम उसके इकलौते बेटे हो न।'

'हाँ, सर!'

'पता नहीं, तुम जानते हो या नहीं कि तुमसे पहले उनकी दो या तीन सन्तानों ने पैदा होते ही दम तोड़ दिया था।'

'सुना है।'

'मुमकिन है, वे उन बच्चों को ही याद करती हैं।'

'क्या ऐसा होता है?'

'सब होता है, लोचन, सब कुछ होता है। खुदा ताला की दुनिया में सब सम्भव है।'

'आदमी अगर सोये नहीं, तो क्या वह ज़िन्दा रह सकता है? अगर नींद भर न सोये?'

लोचन ने अपनी नम आँखे पोंछते हुए कहा, 'अपना कहने को, मइयो के अलावा, मेरा और कोई नहीं है। आप तो जानते हैं, सर! आप पुराने आदमी हैं।'

आबिद अली बेहद अभिभूत हो आये, क्योंकि उन्होंने लोचन को आँसू पोंछते हुए देख लिया था। अपनी माँ के लिए, वह सच ही चिन्तित है, इसका प्रमाण पाकर मानो वे विस्मय-विमुग्ध हो उठे। माँ के बारे में बात करते हुए, अधेड़ बेटा विचलित हो उठे, उसकी आँखों में आँसू आने लगें, आजकल ऐसा शायद ही कहीं नज़र आता हो।

कहते हैं, आबिद अली जब छः वर्ष के थे, उनकी माँ चल बसीं।

माँ मर जाती है? माँ चली जाती है? आबिद अली को अपने ही अहसास पर परम विस्मय हो आया। लोचन ने उन्हें अपनी माँ की याद दिला दी।

उन्होंने कहा, 'चलो, मैं उन्हें देख आऊँ।'

लोचन चमत्कृत! अभिभूत! 'सर' उसके घर चलने को कह रहे हैं? वे उसकी माँ को देखने जायेंगे?

'चलो, जी!' आबिद अली ने कहा।

आबिद अली उस इलाके के गणमान्य हस्ती थे। लोचन को समझ नहीं आ रहा था कि अपने घर में वह उन्हें बिठायेगा कहाँ? उसके घर में तो कुल्लमकुल प्लास्टिक की एक ही कुर्सी है, जो अबेर-सबेर इस्तेमाल की जाती है।

आबिद अली जब उसके मुहल्ले में दाखिल हुए, सभी लोगों

को ईषत् अचरज हुआ।

कन्नो बेरा उम्रदार व्यक्ति!

उसने पूछा, 'क्या बात है, बिरादर? तुम यहाँ?'

सम्बोधन में वे एक-दूसरे के बिरादर ही तो थे यानी भाई-बिरादर सम्बोधन, महज आंचलिक रूप था।

'लोचन ने बुलाया था, इसलिए?'

'क्यों? बुलाया क्यों?'

'उसकी माँ को नींद नहीं आती, रात-दिन बड़बड़ाती रहती है।'

'ऐसा तो उनके साथ कब से है। चलती-फिरती हैं, होठ हिलाती रहती थीं। उनकी बातें तो कभी रुकती ही नहीं।'

'हाँ, सोती नहीं,...लगातार जागती रहती हैं। जाकर देखूँ, क्या हुआ है उन्हें।'

उनके साथ, और भी दो-पाँच लोग लोचन के घर में दाखिल हुए। लेकिन अन्दर कदम रखते ही, वे लोग ठिठक गये। साजूमणि टिन का अपना बक्सा निकालकर दरवाज़े तक खींच लायी थी। उसे अपने आँचल से पोंछ रही थी।

आबिद अली ने ही पूछा, 'क्या कर रही हो, भाभी?'

'बक्सा ठीक कर रही हूँ।'

'क्यों?'

'रात को तनिकौ नींद नहीं आती। ज़रा गाती हूँ, तो लोचन गुस्सा होने लगता है। आज, गुस्से में बाहर निकल गया। हमने कहा, तू काहे जागेगा, बापा, हम ही चली जाती हूँ।'

'जाओगी कहाँ?'

'काहे, अपनी बिटियन के यहाँ।'

'जाना, ज़रूर चली जाना। लोचन, तेरी माँ जो कहें, उसी मुताबिक काम किया कर, समझा?'

'जी, सर।'

'कौन है वहाँ? ओ, बहूरानी? अपनी सास को अन्दर कमरे में ले जाओ। जाओ भाभी, जाकर थोड़ी देर लेट रहो। मेरे सामने थोड़ा-सा शर्बत पी लो, तब जाओ। खा-पीकर सो रहो।'

लोचन को बेहद हैरत में डालकर, साजूमणि ने पानी में भींगे गुड़ के बताशों का शर्बत पीया।

अगले ही पल उसने कहा, 'ओ, लोचन, हम सोने जा रही हैं।'

कमरे में जाकर, साजूमणि फर्श पर ही लुढ़क गयी और पल भर में सो भी गयी।

लोचन की बीवी ने पूछा, 'चाय ले आऊँ?'

'खाने को कुछ है?'

'वही मोया मिठाई और केला बिस्कुट!'

'मोया ही ला दे। केला बिस्कुट तो सर का भान्जा ही अपनी बेकरी में बनाता है।'

आबिद अली ने कहा, 'अब बात मत करो। उन्हें ज़रा देर सोने दो। बार-बार उँगली चटखा रही थीं, तोरी माँ।'

'क्या बोलूँ, बताओ?'

'अरे, हाँ, चीज़ों के दाम बढ़ते जा रहे हैं, लोचन। अगर सम्भव हो, तो थोड़े-से चावल खरीदकर रख ले।'

'हाँ, सर।'

'तूने अपनी बेटियों के नाम एकाउण्ट खुलवाया था न?'

कराऊँगा-कराऊँगा, बस, सोचता ही रहा! दो हज़ार रुपये जमा भी कर लिये थे–'

'तेरी माँ का इलाज भी तो कराना होगा।'

'आदित्य ले गया था–'

'न्ना, यहाँ के होमियोपैथी से काम नहीं बनेगा। तुझे कलकत्ता जाना होगा, लोचन। कल तू आ जाना, बात कर लेंगे। और सुन, रात को उन्हें कमरे में ही सुलाना।'

'कमरे में ही तो सोती है, सर। कल ज़िद कर बैठी। दरवाज़े

पर आकर लेटी रही और रात भर गाना गाती रही।'

'गाना?'

'हाँ, सर! आपके यहाँ क्या मैं यूँ ही दौड़ गया था? यहाँ तो सर, जन-बस्ती अब बढ़ रही है। सुना है, नलकलसी में जाने कौन लोग तो सिनेमा हाउस खोलने वाले हैं?'

'हाँ! नकुल पोड़ेल का दामाद! खोल सकता है। राशन की दो-दो दुकानें पहले से ही हैं। किरासिन बेच-बेचकर लाले-लाल हो रहा है। ख़ैर, छोड़, इस बारे में तुम कुछ मत सोच। सुन, कलकत्ता में इन सभी रोगों का अस्पताल है...वहाँ इलाज होता है...'

'हम तो कुछ जानते नहीं, सर!'

आबिद अली ने हँसकर जवाब दिया, 'जानने की तुम्हें ज़रूरत क्या है? मैं अपनी भतीजी और दामाद को जानकारी दे दूँगा। वह अद्भुत जीव हैं! दमदमा में दुकान है। दुकान अब जम भी गयी है। अब, बेटे ही देख-रेख करते हैं। अब उसका काम है, इसका राशनकार्ड निकलवा देना, उसको अस्पताल ले जाना। मैं सब इन्तज़ाम कर दूँगा। बस, तू अपनी माँ को लेकर, सियालदह तक पहुँच जा। वह रुस्तम ही तुझे लिवा ले जायेगा और माँ को भी दिखा देगा। अगर क़िस्मत मेहरबान हुई, तो वे लोग भर्ती भी कर लेंगे।'

'बहुत खर्चा लग जायेगा न?'

नहीं! मिशन का अस्पताल है न। सब फ्री है। वहाँ नयी जगह, अजाने लोगों के साथ, उसकी हालत शायद सुधर जाये। 'सब कुछ अल्लाह के हाथ में है।'

लोचन ने अपनी बेटियों को आवाज़ दी।

उसने कहा, 'आ जा! आ जा! पैर छूकर प्रणाम कर। कित्तने बड़े इनसान हैं यह...'

छोटी बेटी काफी चुलबुली और बातूनी थी।

उसने झट से पूछा, 'ये दद्दू हैं न, बापी?'

'हाँ, री!'

'हम देखी थी इन्हें। इस्कूल में मीटिंग में आये थे।'

आबिद अली ने पूछा, 'कौन-सी क्लास में पढ़ती हो?'

'चौथी में गयी हूँ।'

'वाह! वा-ह! और दीदी?'

'छठवीं किलास में पढ़ती है।'

'वाह! वा-ह! खूब मन लगाकर, पढ़ाई-लिखाई कर!' वे लोचन से मुखातिब हुए, 'समझे, लोचन? दसवीं पास करते ही, तुम्हारी बेटियों को नौकरी मिल जायेगी।'

'अच्छा, सच?'

'हाँ, लोचन, आँख-कान खुला रखकर चलो। आजकल कई तरह का इन्तज़ाम हो गया है। असल में, हम सब कुएँ के मेंढक हैं, अँधेरे में पड़े हुए हैं। जिसका जो हक़ है, उसे पाने के लिए भी, हमें कोशिश करनी होगी। आदित्य के बाप की कोशिश से, तुमने चौथी क्लास तक पढ़ाई की। उसी के दम पर तुम्हें नौकरी भी मिल गयी। सुना है कि नलकलसी में एक अस्पताल बनाया जाने वाला है। अगर अस्पताल खुला, तो मैं देखूँगा कि तुम्हारा काम हो जाये। सुना है, किसी भद्र जगह में, क्वार्टर भी मिलेगा।'

'अगर ऐसा हो जाये, तो मैं आपका जूता धो-धोकर पानी पीऊँगा।'

'ऐसी बात नहीं है। तुम ठहरे 'टाइबल', उस पर से चार क्लास तक पढ़े हो, नौकरी भी कर रहे हो। तुम्हें अपने ही दम पर नौकरी मिल जायेगी। मैं चलता हूँ, लोचन।'

साजूमणि गहरी नींद सोती रही।

लोचन ने कहा, 'आज, न हो, कुछेक रोटियाँ खरीद लाऊँ।'

'तुम्हारी छोटी बिटिया का भात बिना गुज़ारा होता है, भला?'

'ठीक है, तो फिर कुछेक अण्डे ख़रीद लाता हूँ। खूब बढ़िया-से

पका लेना।'

छोटी बेटी ने कहा, 'अण्डे की तरकारी और भात!'

'अचानक अण्डे?'

'आज, अच्छा-सा दिन है न! सर हमारे घर आये। कित्तनी-कित्तनी सलाह दी। काश, वह अस्पताल बन जाये।'

'हम क्वार्टर में रहेंगे, है न?'

'ऐसा कुछ ही तो सुन रहे हैं।'

बड़ी बेटी ने कहा, 'नन्दा की बुआ, जाने कहाँ तो, क्वाटर में रहती है। आस-न-सोल में। वहाँ नल खोलो, तो झर-झर पानी, कमरे में पंखा खोलो तो फर्र-फर्र हवा! इलेट्रि की बत्ती! क्राफी सभ्य-भव्य।'

माँ ने कहा, 'बाप जैसी बन, तब समझेगी।'

लोचन अण्डे लेने चला गया।

छोटी बेटी ने कहा, 'माँ, मैं मुर्गी पालूँगी।'

'मुर्गी क्यों? बाघ पालो। पढ़ाई-लिखाई करो। पढ़ाई-लिखाई कर ली, तो स-ब होगा।'

चार

माँ को लेकर जाने से पहले, लोचन बेतरह डरा हुआ था। मइयो क्या जायेगी? या नहीं जायेगी। उसकी बहुरिया कह रही थी कि मइयो का कहना है कि तुम अगर ले गये, तो उसे वहीं छोड़ आओगे। सच है या नहीं?

'भई, मेरी इच्छा समझकर, वे लोग रख लें, ऐसा तो नहीं है। जा रहा हूँ डॉक्टर दिखाने। वह भी अस्पताल का ही डॉक्टर है। वे लोग जो कहेंगे, वैसा ही करना होगा।'

'अब, जब जा ही रहे हो, तो इतने भारी मन से मत जाओ।'

'मन भारी? तूने कहाँ से देख लिया?'

'अरे, यह तो छुटकी भी ताड़ गयी। कहती है, बापी, दादी को

वहीं रख आवेंगे। इसीलिए बापी का मन भारी है।'

'तुम तीनों हमें पागल करके छोड़ोगी।'

'डेढ़ हज़ार रुपये ले रहे हैं?'

'सर ने क्या कहा, सुना नहीं?'

'बेटियों के नाम खाता खोलोगे...'

अब लोचन गरज उठा, 'खोलूँगा, यह कहा था मैंने। बड़ी तकलीफ से दो हज़ार रुपये जमा भी किये थे। उस दिन सर कह गये—बाज़ार में आग लगी है, लोचन! पोई साग ख़रीदोगे, तो हाथ जल जायेगा। चावल ख़रीद लो! ख़रीद सको तो आलू भी खरीदकर रख लो।'

'वे रुपये तुम अपने साथ क्यों ले जा रहे हो?'

'आखिर मेरी माँ जो ठहरी! वैसे सर की भतीजी और दामाद, खैरुद्दीन, दिलदार आदमी हैं। उन्हीं की गर्दन पर सवार होकर, अस्पताल जाऊँगा, मइयो को दिखाऊँगा। ज़रूरत पड़ी तो उसे भर्ती कर दूँगा—इन सबके लिए, रुपइय्ये साथ नहीं लूँगा? शायद... शायद...उसे वहाँ छोड़ ही आना पड़े। अगर मैं जीता रहा, तो बेटियों के प्रति भी ड्यूटी निभाऊँगा। ड्यूटी करने के लिए ही... छोटी बिटिया क्या समझेगी, कौन जाने!'

छुटकी ने आकर अपने बप्पा का हाथ पकड़कर कहा, 'दादी को कलकत्ता से लौटाकर, घर ले आना, बापी!'

लोचन ने आँखें पोंछते हुए कहा, 'मइयो न होती, तो मैं ज़िन्दा रह सकता था? किससे कहूँ? कौन समझेगा?'

बहुरिया ने कहा, 'मन भारी मत करो। कल शीतला-थान में पूजा चढ़ाऊँगी! जो भी होगा, अच्छा ही होगा।'

साजूमणि ने क्या समझा, कौन जाने। जिस बुआ के यहाँ वह पली-बढ़ीं, इनसान बनीं, उसी बुआ की बेटी ज़िन्दगी में सिर्फ एक बार, करीब दस साल पहले, यहाँ आयी थी। अपनी पहनी हुई साड़ी उसने दी थी—'इसका कांथा बना लेना, दीदी।' वह साड़ी साजूमणि

इतने सालों तक सहेजे रखी थी।

आज वही साड़ी उसने बहू को दे डाली।

उसने कहा, 'इसका कांथा बना लेना। लोचन ओढ़ा करेगा।'

'तुम क्या पहनकर जा रही हो?'

'काहे? समीज कहो, साड़ी कहो, हम सोडा से धोकर रख दी हूँ न? कीचड़ जइसी साड़ी पहनकर जाऊँगी भला? कलकत्ता शहर ठहरा।'

'बाल जाने कैसे तो लग रहे हैं।'

'सोडा लगाकर बाल घिसी है, बहू! अब, तू किचिर-मिचिर मत कर... तूने तो झाड़ू तक बाँधना नहीं सीखा। अउरत को एक न एक हाथ का काम सीखकर रखना चाहिए, बहू।'

बड़ी पोती का मन कहीं और था। छोटी साजूमणि से हिली हुई थी।

उसने कहा, 'ओ दादी! बड़े-बड़े झूल-झाड़न बोलो, फूल झाड़ू बोलो—मैं यह सब बाँधना सीख गयी हूँ, जी!'

'सीख गयी है?' साजूमणि हँस पड़ीं, 'अच्छा किया। चाहे इस्कूल जाये या जो करे, हाथ का कोई न कोई काम सीखकर रखना चाहिए।'

बड़ी पोती ने मुँह घुमाकर, किसी तरह अपनी हँसी रोकी। वह सुन चुकी थी कि यहाँ से तीन इश्टेशन पार करके, जंकशन बनेगा। वहाँ तरह-तरह की चीजें सीखने का इन्तज़ाम होगा। उसने यह भी सुन रखा था कि उसे कम्पूटर कहते हैं।

बड़ी पोती यह भी सुन चुकी थी कि कलकत्ता शहर बढ़ते-बढ़ते, उन लोगों के गाँव-देहात भी निगल जायेगा। तब भरोसा भी बहुत ज़्यादा बढ़ जायेगा। कलकत्ता में उन जैसे इनसानों के लिए बड़ी-बड़ी बस्तियाँ मौजूद हैं। उसके जैसी लड़कियाँ भी तरह-तरह के काम सीखती हैं। बड़ी पोती ने दूसरों के घर जाकर थोड़ी-थोड़ी टी वी भी देखी है। उन लोगों की टीचर, सुनन्दा मिस कहा करती

हैं—'पढ़ाई-लिखाई किया करो। हाथ का कोई काम सीखो! काम किया करो, काम! यहाँ की लड़कियों को काम करना होगा। काम!' बड़ी पोती बुद्धुओं की तरह कह उठी थी—'हाँ, दीदी, यहाँ से सभी लड़कियाँ तो कलकत्ता जाती हैं।' दीदी ने छूटते कहा था—'वह सब और काम से जाती हैं। मैं घरेलू कामकाज की बात नहीं कर रही हूँ।'

इश्श! बड़ी पोती को कलकत्ता जाने के बारे में कितने-कितने सपने थे।

आज दादी जा रही है।

अचानक उसने पूछा, 'दादी आयेगी कब?'

'लो सुनो, पगलिया की बात! अभी तो हम गयी भी नहीं और तू पूछत है कि हम आऊँगी कब? चल, अब 'दादी-दादी' मत कर। तोरे बाप को तकलीफ होत है।' साजूमणि बोल उठी।

'बप्पा को? तकलीफ होगी?'

'हाँ, रे, लोचन, अइसे मुँह लटकाये हुए काहे है? चल-चल, घर से निकलते वखत, हँसते-हँसते रहना चाहिए, लोचना।'

लोचन ताज्जुब में पड़ गया। कौन कहेगा कि इन कुछ दिनों में वह इतना पागलपन करती रही थीं। अभी देखो, जैसे कोई और ही इनसान हों।

साजूमणि जब निकल रही थीं, बस्ती की औरतें भी आ पहुँचीं। वे सब आपस में कहने लगीं—बेटा हो, तो लोचन जैसा! अरे, हर किसी के घर आबिद अली क्या आवे हैं? लेकिन उसके यहाँ आये। किसी को भी वे भाभी कहकर बुलाते हैं? लोचन की माँ को 'भाभी' कहा।'

सबने कहा, 'भले-भले लौट आना, लोचन की माँ।'

'ज़रूर! ज़रूर!' साजूमणि ने सिर हिलाकर जवाब दिया, 'तुम लोगन भी, दीदी, इन सबन को ज़रा देखना! हम एक संग, एक जगह रहती-सहती हैं, एक ही चापा-कल से पानी लेती हैं। हम

एक-दूसरे को नाहीं देखेंगी, तो भला चलता है? ओ, लोचन, चल, बच्चे।'

आबिद अली खुद भी आये।

उन्होंने कहा, 'चलो, लोचन, देर हो जायेगी। मेरा मोबाइल नम्बर मालूम है न? जब भी ज़रूरत पड़े, मुझे बताना।' अचानक उन्होंने आवाज़ धीमी करके कहा, 'फोन करना, लोचन! तुझे मैं दो हज़ार रुपये दे सकता हूँ। तू दस-बीस रुपये करके चुका देना। मैं बिल्कुल साफ़-साफ़ बात कह रहा हूँ। वह जो कहावत है न—स्पष्ट बात में नहीं कष्ट! है कि नहीं, भाभी?'

साजूमणि भी हँस पड़ीं, 'ऊहाँ अगर रहना पड़ा, तो रूपइय्ये देकर रहना पड़ी? बताओ न, देवर?'

'देखता हूँ, भाभी! मिशनरी वालों ने जाने कौन-सा तो क्लिनिक या क्या तो खोला है। अगर वहाँ इलाज हो, तो बेहतर!'

'ओ लोचन, देख, देख, वो देख। कौन-सा तो 'जात्रा' आने वाला है। लिखा गया है—बंगाल की वधू!'

'तुम पढ़ सकती हो, भाभी?'

'अरे, क्या किताब पढ़ती हूँ? लेकिन, हाँ, अभी भी फिलिम-जात्रा का नाम पढ़ लेत हूँ।'

'मइयो जब पोतियों के साथ बैठती है, तो दोनों छड़ा-दोहा-कविता सुना करती थीं।'

साजूमणि ने कहा, 'एक-ठो पान तो खरीद देंना, लोचना, खूब सारा ज़र्दा भी डलवा देना।'

'ख़रीद दूँगा! ख़रीद दूँगा! चलो, इश्टेशन आ गया।'

'कइसा अच्छा दिन है, रे, लोचन, देवर भी हमरे साथ जा रहे हैं।'

'मैं? मैं बस, स्टेशन तक ही...'

'चलो, यह भी ठीक है! ओ लोचन, वो देख, एक-ठो कठफोड़वा उड़ गया। हाथ जोड़! हाथ जोड़।'

आबिद अली हँस पड़े, 'कठफोड़वा देखने पर, क्या हाथ जोड़ना होता है?'

'हमरी बुआ यही कहती थीं—'

'इश्टेसन आ गया।'

साजूमणि ने कहा, 'ओ लोचन, देख, देख, कितने लोग रेल में चढ़त हैं।'

'ज़रा रुक जाओ—' आबिद अली ने कहा, 'अब, जाओ लोचन! जाओ, भाभी! होशियारी से जाना! लोचन, वहाँ मेरा आदमी मौजूद होगा। मैंने सारी जानकारी दे दी है। देखना, उसके हाथ में एक रूमाल होगा! वह रूमाल हिला रहा होगा।'

'ई तो जइसे सिनेमा हो रहा है, है न, देवर?' साजूमणि ने कहा, 'वह मानस लाल रूमाल हिलावेगा, वह देखकर हम ओका पहिचानेंगी।'

आबिद अली को अहसास हुआ, भाभी वहाँ खड्डे-नाले में पड़ी रहती हैं, ज़रा बाहर आते ही, कितनी खुश हैं!

माँ-बेटे ट्रेन में सवार हो गये।

साजूगणि तो शायद गिरने वाली थीं। बर्थ पर बैठे किसी यात्री ने ज़रा खिसककर, उन्हें बैठने की जगह दे दी।

साजूमणि ने पूछा, 'ओ लोचना, तू नाहीं बैठेगा?'

'तुम ठीक से बैठ गयी न? देखो, देखो, ट्रेन अभी छूटने वाली है। अभी तुम्हारी पोतियों का इस्कूल दिखाई देगा।'

'अरे, ऊ गइया लिये-दिये लाइन पार कर रहा है, टेरेन के नीचे नहीं आ जावेगा?'

कोई अधेड़ बोल उठा, 'नहीं-नहीं, गायों में बुद्धि होती है।'

'ओ, लोचन, कैसी फर्र-फर्र हवा चल रही है।'

'चलेगी नहीं? टेरेन चल रही है न।'

'अपनी पोतियों को हम नहीं लायीं।'

'आयेंगी, मइयो, आयेंगी। पहले तुम्हें दिखा लाऊँ। उसके बाद,

एक बार उन दोनों को भी ले आऊँगा।'

'हाँ, ले आना! चल, तब चल! कहाँ दिखाने ले चलेगा न!'

इस तरह बातों ही बातों में वक्त गुज़र गया। सियालदह करीब आता गया।

सच ही, मानो वह फिल्म ही थी। रूमाल हिलाते-हिलाते, जाने कौन तो आगे बढ़ आया। वे आबिद अली के भतीजी-दामाद थे।

आबिद अली के भतीजी-दामाद, साजूमणि और लोचन को लेकर, करीब के ही किसी होटल में जा पहुँचे। वह होटल शायद उनका जाना-पहचाना था।

ऑफिस वालों से बातचीत करने के बाद, अब उन्होंने कहा, 'चलिए! ज़रा हाथ-मुँह धो लें और खाना खा लें। यहाँ मैं अक्सर आता रहता हूँ। नीचे के एक कमरे में ज़रा लेट लें।'

'डाग्दर नाहीं दिखाओगे?'

'चलूँगा! वहाँ चार बजे पहुँचने से ही चलेगा। सीढ़ी के नीचे ही स्नान-घर है।'

वहाँ हाथ-मुँह धोकर, बालों में पानी थपककर, साजूमणि ने पानी की तारीफ की।

कुर्सी पर बैठकर, मेज़ पर रखी हुई प्लेट में उन लोगों ने खाना खाया।

साजूमणि ने फिर प्रशंसा भरे लहजे में कहा, 'कितनी भद्रता है इहाँ, देख, लोचन, नमक दिहिस है, मिर्चा दिहिस है, कटोरी में तरकारी...'

उन लोगों ने काफी तृप्त होकर खाया।

'लोचन ने कहा, 'आपका तो बहुत ख़र्च हो गया। मैं कुछ मदद...'

'नहीं-नहीं, चाचा उन्हें भाभी कहते हैं। मैं रुपये नहीं ले सकता।'

खा-पीकर, पहली ही मंज़िल पर, दरी बिछी हुई चौकी पर, वे

लोग लेट रहे। कुछ देर आराम किया। लोचन ने विस्मय से देखा, लेटते ही मइयो सो गयी। लोचन ने भी आँखें मूँद लीं।

साढ़े तीन बजे वे लोग उठ गये। अब, उन्हें अस्पताल जाना था। साजूमणि भी उठकर, झटपट स्नानघर जाकर, हाथ-मुँह धो आयीं। कमरे में आकर बाल सँवारे। लोचन फिर अवाक्! गाँव में रहते हुए, मइयो बस, एक साड़ी लपेटकर और बालों की झुंडी बनाकर, सारा कामकाज करती थी। यहाँ आकर उसने अपने को चुस्त कर लिया है। दुकान से खरीदा हुआ सफेद ब्लाउज़ काफी ढीलमढाल था, लेकिन साड़ी उसने काफी करीने से पहन ली।

आबिद अली के दामाद का नाम था—खैरुल्ला! वह उन लोगों को साथ लेकर बस पर सवार हो गया।

उसने लोचन से ही पूछा, 'बस की पेट्रोल के गन्ध से उन्हें उबकाई तो नहीं आयेगी?'

जवाब में साजूमणि ही बोल उठी, 'ना-ना, देस में भी तो बस में चढ़ी हूँ। हाँ, रे, लोचन, गंगासागर देखने गयी थी, उस समय भी तो बस में चढ़कर ही तो गयी थी। याद है?'

'ज़रा-ज़रा याद है। उस समय तो मैं बहुत छोटा था, मइयो! चलूँगा, वहाँ फिर चलूँगा।'

'इस बार, हम सब मिलकर जाऊँगी।'

'हाँ, मइयो!'

'अच्छा, सुन, लोचना, रात को खिड़की खोलकर मत सोना! आजकल छोटे-मोटे चोरों का उत्पात्त बहुत बढ़ गवा है।'

'नहीं, बड़की बहुत सतर्क और होशियार है।'

'छुटकी का दिमाग़ बहुत तेज़ है। ओकी माँ, ओका ज़्यादा मारे-पीटे नहीं—'

'कह दूँगा, मइयो।'

अचानक बस रुक गयी।

'ई सब गाड़ी रुक काहे गयी?'

खैरुद्दीन ने बताया, 'कलकत्ते में बारहों महीने सर्कस लगा रहता है। ज़रूर कोई जुलूस जा रहा होगा।'

'जुलूस? कइसा जुलूस, जी?'

'कलकत्ते में बारहों महीने, तेरह पर्व लगे रहते हैं। हक-नाहक़, ज़रा कुछ हो जाये, लोग-बाग़ जुलूस निकालने लगते हैं।'

'हायऽऽ! माँ, यह तो अ-थाह लोग हैं, जी! एक-ठो लाल कपड़ा टाँगे-टाँगे, कितने लोग पैदल-पैदल चल रहे हैं और चिंचिया रहे हैं। क्या बोल रहे हैं, जी?'

'और क्या बोलेंगे? लालगढ़ के बारे में चीख-चिल्ला रहे हैं।'

'लालगढ़? ऊ क्या है?'

कोई एक लड़का बोल उठा, 'एक जगह का नाम है।'

'लालगढ़? ई नाम तो हम कभी नहीं सुने।'

'नहीं सुना? रहती कहाँ हैं?'

खैरुद्दीन बोल पड़ा, 'गाँव-देहात की हैं। कलकत्ता पहली बार आयी हैं। इसीलिए, इन्हें कोई जानकारी नहीं है।'

उस लड़के ने फिर पूछा, 'लालगढ़ का नाम भी नहीं जानतीं? यह नाम तो अब, सर्वत्र फैला हुआ है। आप टी वी नहीं देखतीं?'

साजूमणि ने बताया, 'नाऽऽ हम लोग टी वी नाहीं देखतीं।'

'ओऽऽ!' लड़के का उत्साह पल भर में ही बुझ गया। उसने साजूमणि की तरफ ऐसी नज़र से देखा, मानो वह किसी और ग्रह की जीव हो।'

साजूमणि ने मुँह फेर लिया।

जुलूस के लोग चीख-चीखकर नारे लगा रहे थे—

लालगढ़ से पुलिस हटाओ
लालगढ़ से दूर रहो
लालगढ़ हमारा है!

साजूमणि मुग्ध भाव से सुनती रही। कितना सुन्दर नाम है—लालगढ़! इतने-इतने लोग! इतने व्यस्त लोग! इतने लम्बे-लम्बे

रास्ते!

साजूमणि को जैसे अहसास होने लगा, यह कलकत्ता शहर बिल्कुल अलग ढंग का है। यहाँ इनसान व्यस्त रहते हैं, दौड़ते रहते हैं और नारे लगाते रहते हैं—लालगढ़! लालगढ़!

उनका यह कहने का मन हो आया—ओ लोचना, देख, यहाँ के लोग कितने अलग ढंग के हैं। लालगढ़ क्या है, हमका नाहीं पता, रे! वहाँ का भया है, हम यह भी नहीं जानतीं। लेकिन, लोग दौड़-भाग रहे हैं, यह तो अपनी आँखी से ही देख रही हूँ न। हमरे गाँव में जइसे सब बोदे, मरे-मरे... चुपके से होते हैं। यहाँ शायद, जो जइसा चाहता है, उसी ढंग से जीता है। देख, यहाँ बैठे-बैठे, झूल-झाड़न, झाड़ू बाँधकर भी, गुज़ारा हो जात है, जिन्दगानी चल सकत है।'

साजूमणि का यह कहने का मन हो आया—'ए लोचन, तू हमका यहीं छोड़ जा। अब, हम वापस नहीं जाऊँगी।'

लेकिन, खैरुद्दीन ने कहा, 'लो, हम आ गये, जी! अब, उतरना होगा।'

वे लोग उठ खड़े हुए। बस रुकी, तो वे लोग उतर गये।

नीचे उतरकर खैरुद्दीन ने कहा, 'आप तो बड़े मज़े में उतर आयीं। मुझे तो डर लग रहा था कि कहीं पाँव फिसलकर, आप गिर न पड़ें।'

साजूमणि ने चट से जवाब दिया, 'आप गाँव में नाहीं रहते न! हम हूँ, मोरी बहू हो, ज़रूरत पड़ने पर गड़ही-तलैया के रपटीले किनारे पर चलकर, हम सब घड़ा-कलसी लेकर, तलैया में उतर जाती हैं, पानी लेकर चढ़ भी आती हैं। पाँव फिसलने से गरीब लोगन का भला चलत है?'

अब वे राजूमणि लोचन से मुखातिब हुईं, 'इनको देख रहा है न? दौड़-दौड़कर इसका-उसका काम करत हैं। अपने लिए तो सभी करत हैं, रे, लोचन, जो पराये लोगन के लिए करत है, वही मानस

जइसा मानस होत है।'

वे लोग कुछ देर फुटपाथ पर आगे बढ़ते रहे।

खैरुद्दीन ने बताया, 'हम लोग 'सबके लिए' अस्पताल जा रहे हैं। नया अस्पताल बना है। जाने किसी साधू-संन्यासी के भक्त ने बनवाया है, यह अस्पताल!'

'तुम भी क्या यहीं काम करते हो? यहीं नौकरी करते हो?'

'नहीं-नहीं! जिन्होंने यह अस्पताल बनवाया है, वही गणेश बाबू जब अस्पताल में भर्ती थे, उनके घरवाले बिल्कुल नहीं आते थे। मैं करीब महीने भर तक उन्हें देखने आता था, उनके लिए दवा वगैरह ला देता था। ख़ैर, ऐसा तो मैं बहुतों के लिए किया है। उन लोगों का तो अब, नाम भी याद नहीं। कहा ना, हमेशा ही करता रहता हूँ। हाँ, तो ये सज्जन यह बात नहीं भूले। उन्होंने कहा—'देख, पल्टू...!' हाँ, मेरे पुकार का नाम पल्टू है। उन्होंने कहा—'पल्टू, उस समय तुमने जो किया, उसकी, कोई कीमत नहीं हो सकती। मेरी तो कोई सन्तान नहीं है। दुकान-पाट जो छोड़ जाऊँगा, वह सब मेरे भाई के बेटों को मिल जायेगा।'

'उनकी मेहरिया नाहीं हैं?' साजूमणि बीच में ही पूछ बैठी।

'नहीं, पत्नी तो उनकी दो-दो हैं। किसी से भी सन्तान नहीं हुई। ख़ैर, छोड़ें यह बात। हाँ, तो उन्होंने कहा—'तुम जब माँ को लाओगे यहाँ, तो उनके लिए यहाँ जगह ज़रूर होगी। वैसे आपसे पहले भी मैं इस-उस को लाता रहा हूँ यहाँ।'

'आज के जमाने में भी ऐसे मानस होत हैं?'

'खुदा ताला की मेहरबानी से सब मुमकिन है, वरना आबिद चाचा, लोचन से इतना स्नेह क्यों करते? मैं उनकी बात पर यूँ दौड़-धूप क्यों करता? चलिये, चलिये, हम पहुँच गये।'

साजूमणि सिर हिलाती रहीं, मानो वह किसी सपने की बेसुधी में चल रही हों।

'हम पहुँच गयी!'

कैसा हक्काना-सा गेट! गेट पर उँगली रखते हुए भी हिचक हो!

अन्दर खूबसूरत बगीचा। साजूमणि की आँखें जुड़ा गयीं। कंकड़ बिछे हुए रास्ते!

'ई तो राजा का महल है, रे, लोचन!'

'यहीं डॉक्टर, अस्पताल...सब कुछ है। चलिए, भीतर चलिए।' खैरुद्दीन को सभी मानते थे और पहचानते भी थे।

—वे आ गयीं?

—आइए, सर!

—ये ही... मतलब, इन्हें ही लाये हैं आप?

इतने सब लोगों की जुबान से इतनी तरह की बातें सुनकर, साजूमणि को आश्चर्य नहीं हुआ।

उसने मन ही मन कहा, 'ओ, लोचन, देख, हम सब सदा अपने ही बारे में सोच-सोचकर मरते रहते हैं। ये लोग जो कर रहे हैं, वह तो परायों के लिए है। इसी से कितना सम्मान होत है, जीवन कितना सार्थक लगत है।'

अपनी-अपनी चप्पल उताकर, पाँव पोंछकर, वे लोग बड़े-से एक हॉल-कमरे में दाखिल हुए।

साजूमणि ने कहा, 'यह तो साक्षात् भगमान का घर है, रे!'

खैरुद्दीन ने कहा, 'आइए, आइए, इधर आयें। लोचन, ये ही हैं डाग्दर साहेब! इनको सब बताओ।'

करीब तीस वर्ष की एक तेजस्वी महिला ने साजो का स्वागत किया, 'आइए! बैठिए, मौसी जी!'

साजो फिर मन ही मन बोल पड़ीं, 'ओ लोचन, कितनी भद्र है, ज़रा देख! हमका 'मउसी' बोल रही है।'

साजू अपना आँचल खींच-खाँचकर, व्यवस्थित मुद्रा में बैठ गयीं।

'हाँ, नाम बताइए—'

'साजूमणि सद्दार!'

'आपने ही बात की थी?' उन्होंने खैरुद्दीन से पूछा।

'जी-हाँ!'

'हाँ, तो आप ही बताइए।'

'हम कहीं अलग जाकर बात कर सकते हैं?'

'अच्छा, आइए!'

महिला डॉक्टर उन्हें साथ लेकर, एक अलग मेज पर जा बैठीं।

'हाँ, बतायें।'

'काफी अर्से से वे एक ही बात रटे जा रही हैं—सभी लोग मुझे लोचन की माँ क्यों कहते हैं? कहती हैं, उनकी दो बेटियाँ भी हैं।'

'क्या सच ही दो बेटियाँ हैं?'

'नहीं-नहीं, मेरी बीवी के चाचा, उस अंचल के गुणी-मानी हस्ती हैं! तीन पीढ़ियों से वहीं रहते आये हैं। वे जानते हैं।'

'और ये...'

'इनका एक ही बेटा है—लोचन! उसी बोगले-धपधपी गाँव में ही पैदा हुआ है।'

'बेटा क्या करता है?'

'वहाँ के पंचायत स्वास्थ्य-केन्द्र में जमादार है।'

'गाँव में स्वास्थ्य-केन्द्र है?'

'हर जगह तो नहीं है। लेकिन मेरे चचिया-ससुर हमेशा से ही उस अंचल के लिए लड़ते रहे हैं। उन्होंने ही...'

'ये किसी के घर में काम करती हैं?'

'नहीं-नहीं! यह सब वहाँ नहीं चलता। आप समझ सकती हैं। स्वास्थ्य-केन्द्र में नौकरी करता हो या कुछ और करता हो, लोग तो उसे 'मेहतर' ही कहते हैं।'

'हाँ, सच तो यही है।'

'ख़ैर, इनका ही हवाला दूँ। कई दिलचस्प घटनाएँ हुई हैं। अभी हाल ही में इनके मन में एक नया विश्वास जागा है। वे पब्लिक से

यानी अपने आस-पास के लोगों से कहने लगी हैं कि उन्हें सिर्फ 'लोचन की माँ' क्यों कहा जाता है। उनकी तो बेटियाँ भी हैं। उनका नाम जोड़कर तो उन्हें नहीं बुलाया जाता।'

'अरे! क्या सच ही उनकी दो बेटियाँ हैं?'

'नहीं-नहीं, उनकी और कोई बेटी नहीं है। आपको बताया न कि मेरी बीवी के चाचा वहाँ के नामी-गिरामी हस्ती हैं। मतलब, वे हमेशा इसकी-उसकी मदद करते आये हैं। जब उन्होंने पूछा—आप यह क्या कह रही हैं, भाभी?' तो ये बोल उठी, 'क्यों? उन दोनों की शादी में आप लोग भी तो आये थे। आपने दावत खायी थी।'

'इस क़िस्म की बातें करते हुए, क्या उनमें कोई अस्वाभाविकता भी नज़र आयी है?'

'अभी आप जैसा देख रही हैं, बिल्कुल ऐसी ही स्वाभाविक बातचीत करती हैं।'

'इन्टरेस्टिंग! बेहद मज़ेदार बात है। और...?'

'और, यह गौर किया गया है कि रात को उन्हें नींद नहीं आती। सारी रात बड़बड़ाती रहती हैं।'

'किसने सुना है, उनका बड़बड़ाना?'

'वो...लोचन!'

'बेटे ने उन्हें बड़बड़ाते हुए सुना, खैरुद्दीन?'

'हाँ, मैडम! गाँव का मामला है न!' क़ुल्लमक़ुल एक ही तो घर है! घर में एक किवाड़, मट्टी की कोठरी! कोठरी में एक अदद चौकी! लोचन चौकी पर सोता है और बीवी और दो बेटियाँ!'

'बेटी कितनी बड़ी है? बच्ची है?'

'नहीं-नहीं! एक बेटी बारह वर्ष के आस-पास होगी। छोटी आठ-नौ वर्ष की...'

'और वे?'

'चौकी के नीचे सोती हैं।

'फर्श पर?'

'नहीं, कुछ बिछा लेती हैं। गरीब गाँव है, ये लोग भी गरीब हैं। उन लोगों में, किसी एक के भी पास एक से ज़्यादा कमरा नहीं होता।'

'सारी-सारी रात बोलती रहती हैं।'

'हाँ! लोचन को जब डाँट पड़ी, तो इस बीच उन्हें, उसी गाँव में ही एक होमियोपैथ को दिखाया गया। उन्होंने नींद की दवा भी दी।'

'उस दवा का कोई असर हुआ?'

'उन्होंने दवा खायी ही नहीं। उसके बाद नज़र यह आया कि वे जगी भी रहती हैं और लगातार बकबकाती भी रहती हैं। लेकिन खुसफुसाहट के लहजे में।'

'यह कितने दिनों का मामला है?'

'शायद 14-15 दिनों से या इससे पहले से ही शुरू हुआ हो। मैंने तो जो सुना है, वही बताया। उसके बाद, कुछ दिनों पहले कहने लगीं, कमरे में गर्मी लगती है, दरवाज़े पर सोऊँगी।'

'दरवाज़े पर ही सोयीं?'

'हाँ, उन्होंने कहा कि फटी मशहरी लपेटकर ही सो रहूँगी! खूब सोऊँगी! गहरी नींद!'

'उसके बाद...क्या हुआ?'

'रात को भरपूर आवाज़ में चीख-चीखकर गाना छेड़ दिया। लोरियाँ! बेटे को सुलाने लगीं। लोचन बता रहा था कि उनके गले में अद्भुत सुर था। गीत के बोल भी काफी सुव्यवस्थित! सुरीला गीत!'

'देखकर तो ऐसा कुछ भी नहीं लगता।'

'अब क्या किया जाये, आप ही देखें। लोचन ने तीन-चार क्लास तक पढ़ाई की है। नौकरी करता है। इस नौकरी से हद से हद...पता नहीं, उसे कितनी तनख्वाह मिलती है!'

'उनकी पत्नी नौकरी नहीं करती?'

'नहीं! लेकिन, बेटियाँ स्कूल जाती हैं। उस गाँव में गरीबों के लिए एक स्कूल बना है।'

'लेकिन, माँ काम-वाम करती हैं?'

'किन्हीं दिनों खूब काम करती थीं, मजूरी करती थीं। अभी भी घूम-घूमकर झाड़ू बाँधती हैं, पैसे लेती हैं।'

'झाड़ू?'

'वही काम उसे आता है, वही करती हैं। लेकिन छोटा-सा गाँव है, काफी गरीब भी हैं, मामूली-सा दस-बीस रुपये कमा लेती हैं।'

'वेरी गुड। आप उन्हें भेज दें। मुझे लगता है...'

'मैं एक बात कहूँ? अगर हो सके, तो उन्हें भर्ती कर लें।'

'देखूँ! देखती हूँ...'

'इन्हीं लोगों के लिए ही तो यह अस्पताल बना है...' खैरुद्दीन बीच में ही चुप हो गया।

महिला को अचानक याद आ गया कि इस शख़्स के साथ, इस क्लिनिक के संस्थापक का सम्पर्क है। इसीलिए वह जो रोगी लेकर आता है, उसे देखना ही पड़ता है। इस शख़्स की बातचीत भी काफी सभ्य-भव्य है।

'आप उन्हें ले आइए।'

साजूमणि की उम्र हद से हद पचास-बावन वर्ष होगी। उनकी साड़ी घर में ही धुली हुई थी। लेकिन साफ़-सुथरी थी। उनके सिर पर ढेरों बाल थे। बाल कसकर, ऊपर की तरफ बँधा हुआ! उनके बैठने की मुद्रा में भी आत्मस्थ गरिमा झलक रही थी। बस, आँखों की दृष्टि, कुछ ज़्यादा ही गहरी।

'आपका नाम?'

'उन्होंने तो बताया।'

'हाँ, मगर आप खुद बतायें—'

'साजूमणि सरदार कहते हैं।'

'कहते हैं? यह आपका नाम नहीं है?'

'हम एक बात कहूँ?–'

'हाँ, कहिए न!'

'लोचन मोरा बेटा ज़रूर है, लेकिन मोको हमेशा यही लगत है कि हमार और भी अपने लोग हैं। ऊ लोग कहीं मोरे आस-पास हैं अउर हमें उन लोगन का ही खियाल आता रहता है। लालगढ़...'

'लालगढ़ क्या?'

'वो लोग जो रस्ते में चिंचिया रहे थे, तब से हमें लग रहा है कि हम अगर लालगढ़ की माँ होती, तो बहुत अच्छा होता। बहुत ही अच्छा होता।'

'लालगढ़ तो एक जगह का नाम है... मेरा मतलब है, वह किसी इनसान का नाम नहीं है।'

'इनसान का नाम नहीं है? कुल एक जगह के लिए लोग इतना-इतना चिल्ला रहे हैं।'

'हाँ, सो तो है। लेकिन...लेकिन...साजूमणि मेज़ पर सिर रखकर ढह गयी।

पाँच

साजूमणि वहाँ भर्ती हो गयी।

लेकिन वह रही नहीं वहाँ! वह अस्पताल नहीं, क्लिनिक था। क्लिनिक की सुरक्षा में लिपटा बेड छोड़कर, वह एक दिन निकल गयी। जाने कहाँ लापता हो गयी।

साजूमणि की सत्य कथा, उसने खुद ही लिखी थी... आज भी लिखे जा रही है। वह उसी स्कूल के बरामदे में, एक परित्यक्त तिरपाल के नीचे रहती है, उस स्कूल में छात्र-छात्राएँ मौजूद हैं, मास्टर भी आते हैं, लेकिन सारी क्लास, उसी तिरपाल की दूसरी छोर पर, एक कोने में होती हैं।

साजूमणि झाऊ पेड़ के डाल-पत्तों की जो झाड़ू बाँधती हैं, उसी से वह उसी स्कूल के सामने के हिस्सों में झाड़ू लगाती हैं, जिसे तोड़-फोड़कर ढहा देने और वहाँ सड़क बनाने का फैसला हो चुका है। असल में साजूमणि अपने को खुद ही, लगातार मुक्ति दिये जा रही हैं।

हालाँकि वह 'विमेन्स लिब' शब्द से परिचित नहीं हैं, अभी भी वह 'लालगढ़ की माँ' के नाम से ही जानी-मानी जाती हैं। मैं इन्तज़ार में हूँ, कब वह 'आयला की माँ' बन जायेगी।

[सच्ची घटना पर आधारित कहानी।]

❖❖❖